Gian Pietro Lucini

I Monologhi di Pierrot

Texte et illustration de couverture : © domaine public
Edition : Culturea (Hérault, 34)
Contact : infos@culturea.fr
Retrouvez notre catalogue sur http://culturea.fr
Imprimé en Allemagne par Books on Demand
Design typographique : Derek Murphy
Layout : Reedsy (https://reedsy.com/)

Dépôt légal : janvier 2023

ISBN : 9791041843619

Introduzione

Noi navighiamo giorno per giorno su di un
fiume d'illusioni, e ci divertiamo con le città dei
castelli in aria, da' quali gli uomini intorno a noi
si lasciano ingannare. Ma la vita è sincerità.

EMMERSON *Representative man.*

Queste menti superiori ci sono d'ajuto in
quanto hanno la percezione della identità e della
reazione. La percezione di queste leggi dà quasi
la misura della mente. Le menti piccine sono
piccine appunto perchè mancano di questa
percezione.

Ibid.

Tra la nebbia e la neve un gallico entusiasmo estrasse questa bianca figura di Maschera. Per ciò in torno a un cuore bollente e lucido come una fiamma costrusse un corpo pallido e malinconico, ed in vece di una tromba alle labra livide apprestò per le agili dita una mandola. Spesso vediamo Pierrots e Pierrettes, altalena una mezza luna sdrajata in mezzo alle nubi, seder sui corni estremi, cantando una pastorale di Getry, mentre le stelle incisive e maligne come un ironico complimento di damina guardano e beffano.Esso è l'appassionato; magro, miserabile, fantomatico chiama a sè e sofre l'amore come una vendicazione, come un desiderio insoddisfatto; ha una storia di dolori e di passioni per tre secoli lunga, nè morto ancora, aspetta e sogna il suo avvento spirituale nella società futura. Di fronte al Poeta appare il corollario umanato delle idee strambe ed impossibili che pur tanto si fondano sopra ad una indiscussa realtà. Per la luna, lunatica figura! Le ricchezze passate dei festini golosi, rubacchiati nelle cucine di Pulcinella e di Cassandre, sono delle memorie ed i bei nastri, di cui Florian vestiva l'Estella spagnola, si bruttarono nel sangue: Maschera moderna, audacemente parigina, sorvisse, genio popolare, come Gavroche a tutte le sociali perturbazioni, e viene con un passato di lagrime e di impeti a noi. La mente italica forse male si acconcia al suo aspetto; i nostri bimbi ne ridono, perchè i papà non conoscono il valore e la potenza di queste figurazioni. All'esotismo la moda si appresta, breve soffio capriccioso sopra una stabile entità; e furono visti passeggiare i Pierrots nelle pantomime, quando, saziato ogni desiderio di spettacolo, si voleva ancora qualche cosa sulle tavole coreografiche. Pierrot è un Mito; dalla storia la leggenda. Da Parigi s'incarnano nel simbolo funambulesco e protervo dell'arte contro la vita placida e bruta della Borghesia. Da François Villon, il bandito aedo del medioevo, che squillava il canto bacchico tra gli arcieri della Prevostura e tra i grassi saccheggi, e da Verlaine antifisico, s'impunta di una critica e di una rivoluzione. Ora, nelle taverne dalla *Banlieue*, sotto ai pergolati equivoci e polverosi, vicino alle fortificazioni, si ritrovano questi refrattari illustri dell'arte, dell'idea, della bellezza. La Bohême fu un cotal poco tra costoro nelle morti violenti e nei suicidi. Se Baudelaire non si fosse inspirato all'Oriente dell'oppio, avrebbe, invece del Caraguez priapro turco e fescennino delle *Reliquiae* erotiche, espresso un Pierrot; come, senza nominarlo, Gérard de Nerval gli dedicò tutta l'opera sua. Jules Vallés ha suscitato una lunga, miserevole ed eroica serie di tipi sacri alle rivendicazioni; e, tutti, Pierrots, sparirono nel mistero di una morte gloriosa e sconosciuta come lui, del quale si ricerca in vano la tomba. Pierrots, i fuggitivi delle proscrizioni di Dicembre, li illuminati di Febbraio; nei quali Barbaroux, Clooz, e Restif hanno lasciato il lievito, per cui Foruier e Saint—Simon hanno dato la scienza e la religione: e sono i salvati dal Père Lachaise e di Cajenna, che bevono, dopo il magro pranzo di salame e di cipolle, il vino violetto affaturato; sognano ancora, discorrono ancora di Filosofia e d'Arte. Sono pallidi ed hanno viaggiato l'Inghilterra, seguendo Sterne e Carlyle, vittime della morta Bohême, vittime universitarie di Fallaux, giovani affamati di

3

poesia e d'a venire, che al banchetto gargantuesco di Balzac, di Delacroix e di Gericault raccolgono le bricciole; e tra i Goncourt, Barbey d'Aurevilly e Zola, non sanno ancora la via della loro originalità, mentre attendono l'avvenimento che li riveli a loro stessi, in quelle manifestazioni che non avranno mai forma letteraria, tanto più nobili, in quanto più sincere daranno l'intimo svolgersi del loro genio. Pierrettes; le modistine succinte e brune, le fanciulle delle *mansardes*; le industri fioraje che traggono dalle sete e dai velluti le corolle false, senza profumo; le cercatrici d'amore vero in quel mercato di amore, le venditrici d'amore, sfatte ed angosciate dal mercato; le «*Dames aux Camelias*» coll'occhi di Mimì Pinson, le fosche tragiche dei sobborghi, le fulve ingioiellate dei saloni, che non sanno per dove vadano, che desiderano sempre, che si entusiasmano per tutto ciò che luccica, piange ed urla, che, tra una tazza di *tea* ed un *fondant*, volano, volano oltre il recinto di Parigi alle palme d'Egitto ed ai fiords di Norvegia; Pierrettes. Or io m'interrogo: «Dentro di me, in alcuni giorni d'insoddisfatta mestizia pruriginosa, dentro di voi, amica, nell'ore di un'insolita e grave malinconia, o nei rossi momenti della rivolta, Pierrot e Pierrette non hanno vita e grida?» Risuscitano; da noi prendono forma; noi ci agitiamo come l'intimo daimon Maschera vuole; ed esso è tutto. E se alle ribalte ideali ora salgono, non declamano, ma accennano; non piangono, ma lacrimano Mimi di soferenze; e, ad un tratto, sotto il silenzio, popolato il deserto di fantasime, urlano ed imprecano; noi non ci rispecchiamo nell'azione dramatica? La Folla a basso tende il grugno in su ed in ogni atto trova lo scherzo quando invece esprime una profonda ferita del cuore e della mente. Oh coscienza! La Folla intende quanto insudicia ed ha bisogno di battesimo e di crisma. Or dunque questi saranno i nostri muti Pierrots delle Pantomime, e codesti Monologhi, Gesti ed Idee, non Parole, mai. Escono e fanno.

I.
Le Malinconie di Pierrot.

Adspice Pierrot pendu
quod librum m'a pas rendu;
Si Pierrot librum reddidisset,
Pierrot pendu non fuisset.

ANONIMO *citato dal Gautie*

Una misera camera male arredata. Le finestre di questa danno sopra una piazza. Il giorno sta per morire: tempo di quaresima. Le baracche dei saltimbanchi, che si fermarono nel carnevale, chiuse ora, sopportano una pioggia insistente e fredda. Pierrot è molto triste e va pensando.

Ma vi par, via vi pare? Codesta è una stagione?

Non è forse la pioggia che scroscia

e che fa sulla via questa armonia di malinconia?

E che dicon le gocciole gelate,

senza riflessi, le grigie gocciole, che gemon dentro ai canali dei tetti,

o pur maliziose tamburellano sulle sete tese delli ombrelli? —

Mai più. — Il marito è un cucù, come il vecchio Cassandre,

e se Leandre fa il bello, lo scimiotto e il parroquet

danno meglio il perchè del gingillarsi.

Ed . . . . a fidarsi! O quanta pioggia, quanta malinconia,

dentro alle brume dense e bigotte della sera!

Ed i pensieri rosei spariti, ed assopiti i trilli,

e dormienti e spenti i colori, ed i fiori avvizziti, e tutta una palude!

Le donne che qui passano sono ben brutte e sciocche,

non ricordono più, o meglio, mentono il valore dell'occhi:

l'occhi stanno appannati o velati di bigotteria,

e tutte vanno al rosario della parrocchia.

Pinzocchere, pinzocchere!

Suonan dal campanile, come a mortorio,

sopra nere coscienze; un romitorio è l'anima

senza un pensier d'amore, e gela e gela.

Oh la soavità fresca e gentile d'un verginal sorriso,

e l'incanto fanciullo d'un bel viso che tutto si discopra

benignamente sano. Noi cercheremo in vano, sotto le nere stole,

il battito del cuore: lontan batte, così che non si senta,

o è muto a fatto. — La carne floscia e grinza tira alla sacristia.

Pure una volta, belle... Oh! una volta, paffute gallinelle!

La stamberga dell'ultimo piano era gaja di risa

e una divisa pompeggiava al battente socchiuso;

un bel cuore infiammato. — E il bruno innamorato! — Decisamente

queste donne che passano alla sera,

in lunga e nera veste quando piove, son brutte assai,

e l'uomini cattivi.

Si?... L'abito pur si scuce, ed il gomito sbuca

dalla bianca manica: fragile nudità, pallida nudità,

la manica si logora sul tavolo, ed il gomito punge.

Daremo un dì lezioni in «anima vili»

d'osteologia, se pure lo permetta la polizia.

Guardate me, sentite i gradi delle costole dure, sopra il mio petto,

o numerate le vertebre alla schiena. Colla serena contemplazione

della scienza e delle tavole anatomiche, noi darem la nozione

delle sostanze toniche del muscolo nel corpo umano:

figura di Pierrot. — Pierrot, il marchesato

sfugge dal foro della bianca manica,

ed è un peccato. Avrei condotto a incanto,

nelle *gavottes* leziose, damine inzuccherate e preziose;

avrei ballato a ritmo sulli azzurri stornelli del vecchio e bon Jonelli,

avrei danzato, inclinato, saltato: un marchese Pierrot!...

va, va... senza pietà il tempo è alla giornea

troppo usata e sdruscita e per la nobilea intisichita. —

E l'ombrelle sfacciate che riflettono il vermiglio inzuppato,

ombrelle da villani, son cardinali e re, porpora mobile,

sul fango della via. —

All'osteria, all'osteria!

L'Ipocrisia fugge dal vino e la Malinconia

volentier vi si annega; forse la Verità ama nuda e sovrana

un pozzo d'acqua limpida, stringendo in mano uno specchio d'argento.

Ulula, vento, dentro i camini e solleva la cenere:

così l'invidia morde alle carni grame dei viventi generosi,

o solleva la polvere dall'osse dei morti avventurosi per una grigia

follia di verità; ma quel grigio risplende come un raggio di luna.

All'osteria, adunque. La vecchia Barbara fa credito alle tuniche

infarinate: se il vino è azzurro, è l'acqua torbida;

e passan lungo le finestre torme equivoche e sbilencie

di becchini infangati. I palazzi incantati

delle pantomime disfecer le pruine e il vento arguto

come una testarda banalità di critica. E i Funambuli, fuori

a riguardar la piova, fan la prova, dal vero, per la falsa miseria.

La sceda è buffa e seria, e il lazzo punge a sangue:

oh, per chi langue è pioggia in sulla testa, ed un misero fuoco

è troppo poco d'un pensier tiepiduccio sotto al cranio.

Un dì, ben morti, gusteremo all'agnello pasquale

grasso, fumante, servito a meraviglia nell'argentea stoviglia,

ed il naso camuso del Signor Scheletro

titillerà di gioia ai culinari aromati.

Colombina, Arlecchino, Pulcinella, che ne pensate

di questo mio futuro preparato al tinello

delle tavole rustiche d'abete? E della vostra sete,

che ha per lunga promessa un'ubriacatura dentro alla sepoltura?

Arlecchino, facchino o duchino e compare alle care

illusion di un banchetto impossibile;

se noi sappiam lo scibile dell'ingemmato gesto,

più presto avviene che le membra slogansi,

e tutto il nostro poema cada a vuoto, poema colla rima,

ma pur senza parola. Oh, la bella rovina d'una persona inutile

all'ufficio: oh, il mendico poeta, che ha la santa fiamma

del comporre; ma non trova nè carta, nè inchiostro

per manifestarsi; oh, il chiostro ingrato e freddo e pesante e maligno

d'un corpo che rifiuta il gesto facitore del mondo,

e il capo rotondo, come una pazza biglia

che si rigira dentro le nebbie dell'impotenza!

E se l'amore è dolce ne' bell'occhi di Colombina,

regina delle Favole, per carità, non la vedete là

come s'attardi a bere dentro al bicchiere

di quel biondo messere che le fe' intravedere una moneta?

E la passion secreta si rimescola al vino

e il nuovo damo e lei bevono tossico.

L'osteria è un lacciuolo; la vecchia Barbara

specula sopra ai cenci bianchi e variopinti dei Funambuli

e riguarda alle carni non ancora sciupate delle Giuocoliere. — Ma quando

piove com'è triste la sera! —

Su, su, Pierrot, un salto, uno sgambietto, una risata,

un'ingiuria, una lagrima almeno! Eh?

Or questo tutto a ciel sereno, e di giorno ben chiaro;

vedremo, in terra, in torno a voi, le nostre ombrie

a seguirci in corteggio, teorie dubie dentro alla polvere;

poi che il motteggio vuol, senza pretese,

l'enigmatico paese del fantastico

per dar fondo all'Idea...

Una farfalla... una farfalla d'oro,

nel canoro inno dell'illusione;

una creazione di veli e nubi... e il resto...

Ma la farfalla astuta si rimbuca, se piove... e piove!

Pierrot fa un gesto vago e stira le cortine sulle vetriate della finestra.

II.
La Casa di Pierrot.

LE BOURGEOIS.
Apercevant Pierrot qui paraît au fond.
Justement, j'en vois un qui vient. Comme il est pâle!
On dirait un malade, avec son blanc sarrot!

*Pierrot exprime q'il n'a jamais songé à cela «Ce que nous
faisions?» dit-il «Nous dansions.»*
Les Folies Nouvelles. — Th. DE BANVILLE.

J'étais Pierrot.
Et .j'aurais des effets de nieje sur mon front.
Ancien Pierrot. — Th. DE BANVILI.E.

*Sette colonne di marmo bianco. sostengono la volta della sala: le pareti bianche a lastre di marmo.
Delle cornici di verde antico corrono sotto li architravi. La lampada d'alabastro sospesa a catenelle
d'argento dondola: come la luce si porta qua e là, nell'ondeggiare brillano i capitelli dorati delle
colonne di lampi fugaci. Trilla e mormora una fontana nel mezzo della sala. L'acque ricadano in
una conchiglia di marmo roseo di Bologna, come li zampilli freschi in un patio di Sivilla. Sette
finestre sono tese a cortine di velluto nero: forse per impedire che il sole penetri. Delle frigide
camelie si sfogliano tra le lucide foglie coriacee, senza profumo. La lampada a volte sembra una
pallida e mesta luna. — Si pensa che fuori, a cielo libero, risplenda un tiepido e calmo vespero
d'autunno. Dentro, un freddo striscia sulla persona e punge l'ossa. — Oltre le tende, sommesso e
lontano, come venisse d'un altro mondo, un pigolio d'uccelli — Pierrot passeggia, fumando,
guarda alla lampada e guarda al suolo che lo rispecchia: sorride, sbadiglia, fuma; la sigaretta,
abruciandosi, avvolge come di un alone la lampada luna. Sbadiglia, sorride e pensa Pierrot per se
stesso.*

Già, cantano; null'hanno da far meglio,

cantan la fine e il risveglio del giorno. Se non l'udissi a pigolare,

io non m'accorgerei del tempo. Eh! quanto tempo

passato! È un peccato ch'io non abbia già mai

dato fuora un «Diario». Il vario e vago errare

per le care e le amare illusioni, ha bisogno d'un lessico

completo, o d'un vocabolario, o d'un itinerario

per ritrovarci nel tempo futuro. —

Fa troppo caldo qui. Come un orso marino,

ho bisogno di ghiaccio nella gabbia;

antivediamo col ghiaccio alla flogosi del cervello balzano.

E il tabacco è cattivo. Eh!... l'Italia;... tabacco italiano

ricolto dalla mano d'un paesano abruzzese,

in un dì di canicola.

Bel paese eh! Così van lavorando sotto il sol che li abrucia:

le membra nude fumano

fuman ma, non tabacco, sudore,

e nel cuore si prepara... che cosa? una burletta

a suono di fanfare, per il villaggio sciocco,

in contro al municipio, senza un principio... di che?...

Eh! col principio della fame. — In Italia non ci dovea venire;

già, se pur mi ricordo; di un qualche cosa come d'un foglio del lessico

da scriversi, d'una fiaba, o d'un consiglio a rubrica «Dell'Isterismo maschile»,

consiglio gentile e disinteressato.

Un Baronetto inglese, giallo come un Maltese

d'ipocondria, nelle dubiose sere del Tamigi,

raccontava d'un cielo di velluto, d'un cielo senza pari,

costellato di rari diamanti notturni. Io son ghiotto di tali

preziosi misteri. Amo la notte, una notte che ha luna

o sospetto di luna, una notte che aduna

mille forme indistinte e vaporose, che placa la sfacciata

impudenza vermiglia delle rose, ch'anima tuberose,

giunchiglie e gelsomini, che evoca pei giardini

molli profumi e più molli sospiri.

Io m'assomiglio in tutto a questi miei fratelli, a questi sogni.

E se dell'alberelli nani piangon sull'acque dei canali,

e l'onde lente vanno e fatali, frusciando sulle lunghe

erbe dei margini;

al chiaror della luna si riplasmano

vapori che sen van colle correnti.

O veli, o Belle della Notte in lenti

accorgimenti seguendo i canali,

o prolissi, caudati sudarii di Vestali

sepolte vive, anime vergini, irrequiete d'amore,

d'amar ancor dopo morte! La Notte apre le porte

a tutto quanto mi assomiglia, o, forse, specchio,

mi riflette in torno mille volte e mi fa re d'un principio,

a seguito di bianchi cavalieri, tutti pensieri... e nulla. —

Venni in Italia e fui deluso; feci viaggio lontano;

le nubi ingorde mi hanno tolto il piacere:

io non vidi che grigio di notte e giallo di giorno:

io voglio nero e bianco, come qui. Così mi voltolo di tra la neve.

Gentleman Baronetto, ei vide stelle briaco di vin di Porto. —

All is true! Aho! Jes sir! — Senza pretese,

mi son foggiato il mio paese. Non per nulla son Principe

nelle Pantomime dove non parlo. — La Parola!

Qualche cosa che pare una marca da giuoco; Hobbes dice,

se non mi sbaglio; così imparai quando studiai

filosofia alla Sorbona, cent'anni fa.

Una Parola nasconde un valore; che se poi trilla,

scintilla,

sfavilla

e squilla

come un metallo d'oro

è tutto il mondo, e, noi, Pierrot, ne abbiam nella scarsella

a dovizia; per sopra più quando accenniam di gesti

lesti, furbeschi,

arditi e mesti,

e ridicoli e sciocchi,

gesti di cavalieri e di pitocchi,

gesti di dama e di sacerdotessa,

di cortigiana e di professoressa,

e non parliamo, poi che l'atto che accenna è l'espression migliore.

Un atto, un'intenzione, una misteriosa sigla,

una fragranza nascosta, un odoroso motivo di fiori,

una brillante meteora che canti, e, nell'incanti

dello immaginare, un altare gemmante

ed una estasiante vittima a pena uccisa.

Letteratura muta! Un foggiar per i sensi;

Pantomima per chi verrà. Idea, fuoco fatuo surgente

nella tepente ed estivale sera sulla nera

fossa recente d'una vergine morta d'amore,

fuoco fatuo al cuore, da un altro cuore espresso,

fuoco che dal promesso alla promessa vola,

di luce, sopra l'anemoni pazzi color del sangue.

E vi si spegne. Così le creature nate a pena

scompajono e s'annegan, carni composte di viscere materne,

nelle profonde sepolture di sotto all'Erme immobili

del Tempo che sogghigna;

e Natura, matrigna, custodisce un ricordo e una speranza.

E pur ritorna. Swedemhorg norvegese, avatar d'Eliphas Levi

riconsegna alla storia la trasformazione, come nella memoria

si ripeton le forme del pensiero abnorme dell'umanità;

e nella paurosa immensità della coscienza umana

il credere è una fede, se il fatto siede di sopra a una fantasima.

Oh, io amo l'Idee veggenti e silenti nel Mondo,

ed eloquenti dentro all'intendimento personale;

amo le Idee a sciame, incatenate pecchie d'oro,

al sonoro timpano del comporre.

Le amo volanti, fantastiche, pure,

sicure,

senza paure

d'una critica e d'una ribellione,

l'Idee della passione, che mutano la terra in paradiso,

incantevole annuncio d'un sorriso che non vedrem già mai

sopra le femminili labra baciate

e che sentiamo in noi,

pallidi Eroi d'una funambolesca ebrietà di rime. —

Pierrot, d'in sulle cime della bruna coorte dei pioppi

vedrem montar la luna e dalle piante

un'ombria gigante scendere al piano; un laghetto annojato

afferra e specchia l'incontentabile

Ecate ginandra che non s'attenta a baciarmi sul volto.

Ed è Pierrot, (pur questo so) che al mandolino classico

trova l'eolio antico e compendia Saffo,

se vede Zo e Jo in rosee conche

sicuramente ammalarsi d'amore,

baciandosi sui seni, mentre i sereni

cieli smuntano e cadono nella nebbia.

Eh, eh!... I profumi e le nebbie sono forse l'Idee,

incapricciate Dee,

Dee, nostre creature, Dee, amanti di morti,

vampiri all'angiporti delle cripte funeree

e farfalle vermiglie dentro a un raggio di sole che risplenda

sopra ai fiords di Norvegia. Può darsi quindi!... Pierrot?...

Eh! il Baronetto inglese vide stelle in Italia;

quand'io giunsi vestir la gramaglia, e imaginai le stelle

e mi foggiai la luna d'alabastro e per tutto sognai,

per ciò meglio tutto io vidi. — Fuma tabacco detestabile.

Noi faremo d'in torno a questa luna d'alabastro oscillante

un amante corteggio di nuvole o pur l'alone

delle notti estive: così avremo un ciel dentro alla sala.

Pausa. Di fuori l'uccelli cantano più sommessamente per terminare. Silenzio. Il tramonto succede al vespero. S'indovina che, dall'altra parte delle tende tese alle finestre, discendono rapidissime l'ombre dalla collina e nebbie sorgono. Una calma di riposo. Nella sala fa più freddo, forse perchè la brezza è più pungente all'aperto. Pierrot tende l'orecchio: si rallegra: s'avvicina ad una finestra e getta la sigaretta. Riprende il torneo strambo del pensare.

Bah! Non cantano più; si son stancati; han forse sonno,Così...

(Fischia accompagnando ed aggiungendo di queste parole ai gorgheggi che spaziano d'un tratto per l'aria con mirabile virtuosità).

Un amore

val quanto un fiore,

che si schiuda al benigno tepore

della serra; e il calore

che divampa dal cuore

gli dà il colore

rosso e dell'oro.

Ma nella sera

di primavera

una severa

passion si riaccende e si confonde,

e, tra i baci e le lagrime, profonde

tenebrie si stendono a ingannare.

Per ciò le amare.

Oh! L'usignuolo

Il boscajuolo dei faggi, l'amico dei selvaggi luoghi della pineta,

l'usignuolo in giardino? La notte scende dunque?

Or s'apre entusiasta il gelsomino notturno

Oh profumi ed incensi, che dispensi notte munifica,

sorella di mistero! Il bianco e il nero

e tutto si confonde. Ed i passeri taccion finalmente,

questi pettegoli come beceri che dilacerano coscienze

senza coscienza, vigliacchi della notte;

da poi che l'onestà non teme le tenebre.

Canzone, in sulle scale che t'appresta la luna,

nell'ora ambigua e bruna, trilla augurale:

scintilla come un rubino

dentro a un cesello

d'un vecchio anello

questa gemmante strofe,

come dispilla

da un canaletto

un ruscelletto

sulla vasca di marmo,

o una fontana piange e si lagna,

numero d'oro,

dentro al lavoro moresco d'un bacino di porfido.

L'usignolo; s'egli canta io taccio; la dolce musica

imbalsamata d'idealità si ripercuote al di là

delle coscienze. Così uno spunto è tutta l'armonia

e la malinconia è l'ispirazione; tutta una canzone,

ed il resto è l'orchestra. E tacerai, o vago della luna

e del silenzio, tacerai nell'inverno.

O patria, o terra aspettata! Come tarda l'amata all'amatore!

In torno al mio palazzo ho coltivato un pazzo

laberinto di fiori;

corolle violacee

come un lutto di vergine strana:

ma de' pistilli linguaggian d'oro e vermigli, insidiosi.

Io vedrò della neve sopra questo corrotto troppo ricco,

funerale d'un principe: il mio. E soffierà il vento maligno

come la parola capziosa dell'amico

ed io mi troverò meglio sdrajato... No, no, vivere!

Quando? in che modo? domani? nel buio? Vivere?

Questi ultimi pensieri vengono espressi a viva voce come in un grido. Il Pierrot si stupisce e quasi teme di queste voci, che insolitamente risuonano nella sala. Poi ride: il riso stride ed il Pierrot parla.

Io parlo adunque! De Banville m'ha ingannato;

io parlo ancora: la Pantomima è morta al mondo,

e io ritorno a sofrire! Aria al polmone

assetato di brezza notturna.

Spalanca una finestra. Notte luminosa. Un ramoscello di rosa si sporge nel vano tutto bagnato di luce lunare e scintilla sulla nera cortina. E il raggio della luna fa impallidire la lampada. Non fa più freddo. Qualche cosa di vivo riscalda questo sepolcro di Maschere.

E la mia luna artificiale smunta

tremante al raggio della vera. E pure i fiori

e le gemme mentite gareggiano coi veri e sono preferite;

e un bacio simulato ha più sapore del bacio santo

che vien dal cuore. Io ch'amo il posticcio,

e l'inganno ed il dubio?... O seguendo le fasi lunari

dirò pei dignitarii delle imprese lunatiche

le regole pragmatiche della mia esistenza di Pierrot?

Gobba a levante e gobba a ponente?

Zitti; la ben nata gente sta tutta in me e l'altra:

e la servetta scaltra,

e la minosa padroncina,

e il ladron di cucina,

e il ghiottone sudicio, e l'impudico,

e lo spleematico sere, e il messere poltrone,

ed il Re Sole, e un parruccone che vide l'a venire,

ed una macchina insanguinata

e una bacata funzion sociale, e il funerale

della nobiltà; tutto tra il sorgere ed il morire

della luna, tra il crescere e il calare

del cerchio pallido sul ritmico sospiro del simpatico mare:

e le Fasi e la Vita,

e una sbiadita felicità che in terra non si trova

e s'arrovella per farsi ritrovare,

e la scarsella vuota, e una baldracca letteratura

che va dalla baracca istrionesca a ciance e a tresca

sul trono, o in Campidoglio, ai lauri di una gloria immeritata.

La luna dilaga nella sala: i marmi rispecchiano come forbiti acciai. Le rose incensano dalla finestra. Ogni cosa palpita col cuore di Pierrot che si rinsangua. Egli grida e geme, pauroso della vita gagliarda che s'inturgida nel suo corpo. Un singhiozzo: una risata. Pierrot sente di morire e di rinascere.

III
Luna crescente.

Un singe en veste de brocart,

Tandis q'un négrillon tout rouge:

Le singe ne perd pas de yeux
La gorge blanche de la dame.

Le négrillon parfois soulève
Plus haut qu'il ne faut, l'aigrefin,
Son fardeau sompteux,

Elle va par les escaliers,
Et ne parait pas davantage
Sensible à l'insolent souffrage
De ses animaux familiers.

P. VERLAINE   CORTÈGE-FÊTES GALANTES.

Salone Pompadour, bianco ed oro a grandi specchii di Venezia: dei lampadarii di cristallo. Le finestre ed i balconi sono tutti aperti. Sera: si scorge una terrazza di marmo a ringhiera di ferro finamente lavorata ed al di là un giardino grandissimo: tutte le torcette sono accese: una gran luce. Entra una profumata brezza d'aprile; ha rubato dai fiori l'olezzo e lo incensa nelle sale. Folla: delle Marchese e dei Marchesi seduti ed imparruccati ad ascoltare: l'abiti sono una ricchezza: nubi di cipria nell'assentire delle testoline, sotto ai riflessi violenti.

PIERROT *tiene conferenza ed academia, dice:*

A mezzo giorno si scopre sul cielo

bianca una falce di luna crescente

e sembra un velo. Le statue stanno nella quiete lungo i filari dell'alberi

e si rifanno al sole dell'umido notturno.

Pure i marmi soli gelidi; e lo sfarzo del Castello

è un bel mantello sopra un abito lacero.

Io sono un pastorello; ho imparato a belare

coi parrucconi e coi presidenti *aux trois mortiers,*

mentre che li *épiciers* impinguavan scarselle ai *Lombardi*

"

e spingeano i Piccardi le partigiane nei tafferugli della Fronda.

Or che passò una ronda, torna la calma. E dopo una Mancini

e un Mazzarino, sorge un astro di sole,

e il Pitocco si duole d'una casacca gallonata

e dello stomaco vuoto. Ma la luna di velo

sta in contro al sole e le viole son più brune nei prati.

Bon jour, mon Roy Soleil,

j'ai bu, dans le vermeil

delle tazze ingemmate un liquore

che mi diede alla testa ed al cuore,

e dalla testa uscì uno strano ed abnorme desiderio

poco serio di conquistare il mondo

ed il mio cuore espresse civetteria e inganni assai.

Bon jour, mon beau Sire de Versailles,

les falbalas, les pretintailles et les robes battantes,

et la chaconne et la criarde, et l'effronté et les passecailles

v'empiono i bei giardini e gonfiansi alli inchini,

come voi apparite, meteora luminosa, tra i viali.

E li stivali stridon sulla ghiaia e suonan le dorate stellette

delli sproni. Tal vanno i doni ai furbi,

ad empire la *petite oie, le rond de bottes et les canons*

des ces jeunes blondins a l'éstomac debraillé;

che se tu aggiungi un *cotillon* noi abbiam la cosacca

alla *rhingrave*. E che parrucche copron queste zucche

sdolcinate; tre libre pesano di color d'oro, o nere, o impolverate;

mentre le Dame, sotto ai guardinfanti, ricoprono i bei frutti adulterini. O Madame Sevigné in gran *toupé*

fa risa e celia sopra a Bretoni arrotati e impiccati,

e la *pavane* gioconda come un'onda d'un calmo lago

fa danzare le Belle ed i Galanti

in ritmi affaticanti: Pastori e Pastorelle.

Lo sono fra costoro: il modo flebile empie la Tempe;

gettan vin le fontane, mentre l'acqua si compera.

L'Abate inchina e dice alla Signora

il nuovo madrigale

L'Abate inchina e canta: «La Pastora

guida dall'ospitale

stalla i montoni pettinati a incanto

e belano i montoni».

«Iride alla fontana

in contra un Cavaliere: —

Messere?

Iride è compiacente. —

Chiedere è bello a chi gentilmente

non sfugge alla dimanda. —

Il secchio dondola

ripieno d'acqua. —

Messere? —

Per il piacere

Iride è compiacente

E la fontana ghigna».

L'Abate inchina guarda e poi sorride:

«Il nuovo Madrigale

è procace, Signora, dalle guide

sfuggì della Morale. —»

Or Iride Pastora

ritorna a casa col grembiule nuovo

un grembiule di seta. —

Messere!

Iride è compiacente. —

Messere?...

Serva vostra e... discreta.» —

Così danzano l'Angioli in cielo; Padre Enriquez

vi dà queste superne voluttà d'assister dalle nuvole

ai bagni dei beati nelle probatiche piscine dei peccati

del Paradiso; e, stillanti di nanfe le lucenti membra,

Cherubi e Serafini in coro s'illanguidiscono in contorcimenti,

dopo i divini istanti della contemplazione.

Qui Molinos astuto, inzuccherato trova fuori un La Combe

chiericuto discepolo e colla Mothe Guyon lo spinge

per il mondo. Voi vedete la bella al minuetto

mostrar la grazia del candido seno! Ed è una santa!

Port Royal si perde nei numeri di Pascal,

e Fenelon vede Temelaco che bacia li occhi a Calyspo;

Giansenio odora di lontano ancora

una rivoluzione e scimiotta cattolicamente Calvin.

Bon jour, Louis XIV, bienheureux,

le nouveau temps est plus fou que le vieux,

et l'Etat c'est Toi.

Il giorno è molto strambo e lunatico alquanto:

pescan nel torbido; e se l'esca è fresca

di giovanile carne femminile, il pesciolino che vi addenta

è regale e le foree pettinate e discrete del Parco

preparano all'amate buon gioco e migliore assentire.

Tal vuol che s'innamori una Vallière

tra i *ballets* e le satire di Poquelin de Molière;

tal vuole che si vada in processione,

(carrozze blasonate stanno in lunga fila, alle porte)

colla Corte, dalla Voisin a comperar l'amore ed il piacere

nel verziere dalle bambine procaci sui Ponti,

tra i fiori che vendono e i baci che dispensano.

La Maintenon, un dì compagna al talamo

dell'eterna Ninon, sale vicino a voi colle *pruderie*,

e il sale di Scarron, sciancato ateniese della penna,

aggiunge alla politica. Che fa! La moglie attinge dal marito

se ben morto; regge bufera e ciel sereno!

Quanti delitti e quanto sangue! E nulla per chi langue!

O Roy sans pareil,

les fleurs sont des merveilles

in torno al vostro trono, ma son fiori funerarii

alla regalità. I fiori asfissiano, ed io non conto nulla.

Contano i gentiluomini che non faticano,

o che miglior fatica dicon l'amore, Gentiluomini frolli

a cui l'onore siede sul *cordon bleu*, o pur nei molti ornati *justaucorps à brevet*. I Persiani in Francia.

Salamelech, Salamelech; Pierrot e Pierrettes

fan grandi riverenze alle parvenze d'una celebrità,

e tutto appare azzurro ed ingemmato. Che peccato!

Vedran vermiglio un dì; va così la bisogna

e chi non conta conterà.

Nos Gentilhommes Louis, qui ont ésprit,

souvent ils me traiten de Faquin ou grand

contantement, e fanno meraviglie

tra le famiglie dei servi Duchi e Pari del Regno

memorando ed acciecante che anela all'impossibile.

L'abito è tutto d'oro. Verranno le servette Colombine

in gran pompa a servire il caffè, poi che le Marchesine

attendono tra loro a Rambouillet a preziosare in percé;

e qualcun muor di fame sullo strame della capanna,

se pure i bei montoni dell'Arcadia molli digestioni

fan di sopra ai soffici canapé e belano *rondeaux*

ed augurali odi alla nuova *charmante beauté*.

E quanti nastri, quanti galloni per i poltroni

che scutrettolano a Corte: le leggi suntuarie

son molte e varie: ma, nei boschetti ed in riva

ai laghetti, l'oche di diguazzano impettite e fiere,

e le bufere passan lungi di sopra alle teste:

e pur Turena vince in Lorena

e Villars, boja nobile, ripete sopra ai monti

la Saint Bartelemy. Non avremo noi, «Popolo»

una nostra e profittevole *saigné à blanc?*

Bon soir, Roy Soleil; il vino, nel *vermeil*

delle coppe preziose, se pur sappia di rose,

mi rovescia lo stomaco. Di queste trecent'annue di merletto

sulle spalle sui fianchi e sul petto

che mi aggiustò il sartore del «*Bourgeois Gentilhomme*»

ne faremo una corda, se vi pare:

le cose rare van conservate per le adoperare.

Oh, maliziose occhieggeranno gialle

le lanterne, tra l'alberi del *Jardin Royal*,

poi ch'attendono frutti umani e saporosi.

Oh i merletti di seta e le corde di canapa!

Così notiamo in rosso in sui *cahiers*

per una storia da rifarsi a gloria della nazione

Lauzun e Villeroy, de Daillon e de Varde

ed altri ancora ed altre ad edificazione

tra preti e monache e bionde cordigiane,

o mon Roy Soleil

Ed acciecaste il dì che riceveste l'Ambascieria infedele

del Gran Turco; d'oro a fatto e per quattordici

milioni di diamanti rifolgoravi a torno!

Quanto ne date per satollare Jaques che non dimentica?

Bonne nuit, mon Roy Soleil;

le souper de minuit,

entre les divines beautées de votre Cour

je crois, qu'il ne vedra le petit jour de lendemain.

I papagalli gridan nelle gabbie e le scimie

ammiccan dalle barre delle chiostre argentate.

Sganarelle e Scapin preparan Figaro, e, dopo Boileau,

noi vedremo Voltaire. Il sole è dunque spento,

sale la luna infida a minacciar di corna;

Pastor dell'a venire, Pierrot enigmatico, ha fronzoli

e catene scintillanti, ma aspetta un'informe.

Alcun si pregia d'impormi già una divisa bianca.

Non forse alli *Italiens*? Non udiste la musica nuova?

Dopo la *complainte* di Malboroug avremo i *mirlitons*.

Ed Arlecchino e Colombina? La luna è in sulla cima

d'un Castello turrito e sogghigna la mezza maschera

argutamente. Della plebea polvere sal dal viale

ad offuscar la luna ed a coprire tutto il Palazzo.

Verrà il Parco dei Cervi, lo inzuccherato Latour

e Pompadour, e la *mouche assassine*

e la *guitare avec la mandoline*,

e Watteau ch'apparecchia galee per Citera,

e le Marchese, e Dorat dai mille baci conditi,

e i *negrillons pochards* caudatarii alle belle signore

ed amanti nell'ore indiscrete del giorno;

e Faublas, e Valmont e le danze ed i morbi

e tutto il resto. Io sto per ora colla Galatea di Cervantes.

Beh! beh! poi che i montoni cozzan coi caproni

e la vittoria è per le corna. La luna sorella punta

di fatto le corna all'occidente e presente.

Bonne nuit, mon Roy Soleil, le vermeil

della tazza si sdora alle labra, ed il liquore fa male al cuore.

Muteremo paese; oh nostalgia d'un vero sole

e d'una vera luna! Le stelle girano sul cielo a mille;

se la luna si spenga? Ma getta sangue e la sua faccia

piange. Questa notte è ben lunga. L'impure

avranno tanti baci e carezze da farvi imaginare

che il tempo passi presto? Ed io resto:

sta, nella nuova veste ch'ora attende il Pierrot,

un perché che non so, ma che mi fa tremare.

Bonne nuit, il ne faut pas revenir de Saint-Denys;

le déluge est bon juge!...

Pierrot fa silenzio. Molte torcette ai candelabri si sono spente, ed è più più freddo il vento che spira dal giardino, senza profumi. I Marchesi e le Marchese, non persuasi, sorridono, ridono; l'ironia li rende allegri. Ma la cipria sembra cenere sulle capigliature e le parrucche, ed i riflessi violenti dei metalli e delle ricchezze sono alquanto offuscati. Pierrot assicura in un gesto la verità della cosa profetizzata: e passa un brivido ghiacciato sulla adunanza. Molte altre torcette si spengono d'un tratto: è quasi bujo nella sala. Li occhi di Pierrot scintillano.

IV
Luna Piena.

Oui, Pierrot, enivré de gloire, d'applaudissmente et de triomphes,
tirait la savate avec Arimane et donnait des renforcemente
à Oromane, sans respect pour la flamme bleue de son diadème:
il tratait comme on traite de simples gamins les Simboles de
la comogonie de Zoroastre et les Mythes du Zend Avesta.

THEOPHILE GAUTIER.

Notte a Parigi dopo una bella giornata di Maggio. La Luna sale in cielo piena e lucente; delle nuvole bianche le si rischiarono in torno. Da un ponte ideale sopra la Senna, Pierrot distingue tutto il confuso e bruno panorama della Città. I Boulevards e le vie sono disegnate dalla riga tremula e gialla delle lampade. Alcune finestre sembrano rossi occhi lucidi, poveri occhi ammalati, inutilmente spalancati nell'oscurità e nel mistero. Molti pensieri si suscitano, si compensano, si rifiutano nel cervello della Maschera: dalla balaustrata vede l'acque passare sotto le pile; dal ponte, le case, le torri e le basiliche: ciascuna cosa si riflette dentro di lui e sorgono imagini. Egli vede Sè stesso nella Città e l'Istoria ed i Sogni: vede una fatale combinazione di fatti e di idee. Per questo Pierrot sogna, pensa ed opera mutamente così.

Tondo d'argento, se tu fossi slabrato ad oriente,

tondo vagolo e pieno di mestizia,

ed a nuove avventure per la puerizia e per la pudicizia

cavalcasse in Parigi (triste ragione per le cose buone)

quella magra figura del manchese;

non dalle torri di Notre Dame a notte,

quando calan li spiriti saccenti, pruriginosi a frotte

di sopra al capezzale di Don Claudio Frollo,

ei ti avrebbe invocata, morione celeste di Mambrino?

M'assomiglio a costui; non che pretenda coprirmi la testa

della Luna, ma assurgere alla festa di seder nella Luna

a concistorio, tra uno stuolo canoro di Pierrettes,

Mastro alla danza e Presidente bianco

sopra l'argenteo banco,

vicino alla prescelta, alla più bella.

Per or godo la terra

Alita cortigiana, alita dispensiera qui nell'ore

dopo calato il Sole; n'è un profumo di muschio,

v'è un sito di sudore, un irritar di polvere,

un denso fermentar dalle cloache:

per ciò sei la feconda, per ciò sei verde e ricca,

per ciò dei fiori sorgono che assomigliano a labra,

dei fiori epicurei e dei fiori pitocchi:

alita, bruna Gea, rinserrata tra le cinte ed i forti,

sotto ai palazzi, le chiese e le caserme,

tutte cose rafferme in una mota,

fin che le scuota,... ah, ah, la volontà di Dio!

Dio e San Luigi e pur la Nave che rulla e batte ancora

il Mare tormentoso, come nel tuo Blason, vecchia Parigi;

ed i Gilii dorati, alla trimurti succeduti plebea

dei Colori sbracati, ed a questi un grifagno

Sparviero ed una Pecchia,

t'hanno condotto lungo, una vieta istoria,

per terminar nel legaccio di calza catalana

d'una cavallerizza Contessa di Teba.

Olozaga fa il mastro nella reggia e presenta a Luigi Buonaparte

il lancier don Ramiro, frutto non dichiarato

dell'amor morganatico d'un tempo

colla bella Eugenia; Bacciocchi, nuovo conte, ride e strizza l'occhio volpino al compar che si stizza;

e i cortigiani inchinano le terga.

Così Rodin sconciato intende lacci alla imperiale fregola,

e i Gesuiti instaura a Palazzo. I Monaci di Spagna umilmente

gli mandano Claret; mentre suor Patrocinio s'impostura

di stigmate alle mani, predica e turba Isabella di Spagna

d'un luttuoso avvenimento, odorando il mal tempo,

'ella tentenna tra un Serrano e un Marfori.

Morny che bacia all'*Opèra Comique* ed abboraccia intrighi

per i *Cafès Chantants* e pei *Vaudevilles*, al fratello uterino e adulterino

sorride in cortesia d'un bell'atto squisito e gli prepara,

dentro la bara, l'imperial repubblica legata.

E alla farsa «*Monsieur de Choufleury*», l'elegante Morny

la farsa buona e rossa ci congiunge, e Persigny-Fialin,

sozzo sergente, e Saint-Arnaud, misterioso e cupo,

e Magnan e Mocquart vengono a stuolo

e si lisciano i baffi, sciacalli sopra al popolo,

come sciacalli sui *douars* d'Algeria. Alla cuccagna!

Al Tempio e a Saint Martin romba il cannone;

ed i morti innocenti, e le fanciulle, e i bimbi; ladri, ladri!

Oh, oh! La piova decembrina su Lutezia, piova di sangue e fango

al fuggitivo dalla torre d'Ham, nel tradimento;

e, tra la ria canaglia, la piova di mitraglia: ecco l'impero;

alla cuccagna! Dall'Invalidi stende lo Zio lo scettro

arrugginito e dona un'astuzia di serpe e un braccheggiare

d'ipocrito bastardo (egli perdona) all'imperial nipote,

col riscatto feroce e la sottomissione al vecchio altare.

O biondina d'Albione, Howard, le lucide sterline patrie

appianano la via al divenire, come il mentire

segna di mille rughe sulla fronte il corso cavaliere,

ed il pensiero del tradimento si ricollega al fingere d'amore,

Sofia, frigido fiore, Sofia camelia.

Queste camelie del Secondo Impero! —

Oh bella Notte pazza di Parigi, sono una povera e bestemiata

istoria plebea; l'epica cerco tra i *cancans* dell'*Orfée aux Enfers*;

e se sventola la stola di Medea Rejane, tragicamente greca;

non la bionda Judic ripete il ritornello dei *Lampions?*

Non fummo sempre strambi su, a Montmartre; la Butte

impende alle Torri ed ai Domi e più vicina al cielo

vede forse le cose senza velo, o pur lacera il velo delle nubi

di un anarchico gesto? Di codesti misteri io m'accontento un poco;

come per i verzieri delle favole vado per giuoco.

Chi mi comprende qui? Sono sciocchezze.

Colombina e Arlecchino nel giardino di Cassandre

devastano le pere saporite; Momus sbraita ed assorda

coi campanelli fessi e distonati; eloquente Pierrot,

parlo a gesti per l'altri e per me stesso improvviso monologhi,

quando nessun più m'ode: ma il Volgo, il mio uditorio,

ha perduto il perchè della mia sigla, ha perduto la chiave del simbolo;

solo un poeta intende ed un sapiente. Il Mistero!

Oh Pantomima tragedia dell'Uomo,

Pantomima tragedia della Vita: noi siamo un'invertita

caterva d'Eroi. Guardate me; Pierrot!

Pallido, fragile, stanco, morente,

schiavo antico alle verghe, un insistente grido muto

disferro in sui festini: ironia della pancia che si lagna,

proletario sfuggito dalla ragna d'ogni qualunque religione,

e libera ragione. A me, Pierrot.

Sono il bimbo lasciato per le vie nel fango dei rigagnoli;

sono l'inzaccherato; son lo stridulo nato

dall'assassino e dalla prostituta: *zan*! il coltello lucido

della rossa comare: *zan*! sopra al collo.

Sto nelle dubbie feste al lupanare di questa civiltà,

e innamoro le Vergini avariate colle speranze rare

di chi forse verrà; sono un mendico d'amore e di fame

che il pasciuto condanna, son la paura eterna all'impostura

di chi piange per burla. E sarò forse il Mago galileo

tornato sulla Butte, l'agnello senza macchia, bianco, bianco

come la neve, ma non come la neve di Parigi:

e come un dì il Bastardo dell'Angiolo biondo; come l'Uomo

azzurro che viaggiò sull'onde del mare, io, l'Uomo nuovo...

e bene, e poi,... io non sarò nulla.

Gautier porge la mano a Champfleury per un Pierrot

Valletto della Morte; ai Funambules, Théodore de Banville

s'acconcia a' miei sgambietti e dà la rima,

ritta giuocoliera sul filo di seta,

raggiando fiamme d'intenzion secreta.

Pure la nostra orchestra ha abbandonato le rosse trombe, Amici, e Getry piagnolone si lamenta sui violini ed i flauti

della lenta agonia sospirosa: or mai dietro a una trina

nera si vela il viso capriccioso ed affanna la bocca piccolina

e l'occhi lagriman, la Pantomima...

Via, via; sono senza pietà: irrito ed avveleno la mia infermità;

voglio odorar le camelie ammalate,

e Violetta, ed ascender per la notte;

amo i liquori dolci e profumati e l'insalate russe,

come una Dama isterica; adoro le *pralines*

sotto ai miei denti schricchiare, vetro saporoso, e ridere,

ed i *fondants*, baci e carezze voluttuose al palato, come Niniche

Colombina le tonde melarancie. Numeri e Sogni!

Il *Voyou* non mi conosce più e la raffinatezza,

tira alla monarchia, come la Senna carreggia l'annegati:..

quindi là giù, il bel palazzo, la casa rossa, al pazzo che si appicca,

allo strambo che scende lungo le verdi acque in sino al mare,

verde come le piante fluviali: oh, sì il rosso faro

alle notti brumose, la marmorea sala, i bianchi letti,

duri, lucidi, belli come me, letti di sepoltura; la Morgue,

che mi assicura all'osse vecchie e stanche

un beato riposo... Numeri, Sogni; grigio, bianco e nero,...

ubriaco, ubriaco di parole... Oh, come va la Senna

e come gira il capo; è la maligna corrente che attira;

Numeri e Sogni sopra al ponte fantastico.

Il Trocadero splende come San Marco sopra la laguna

con mutata fortuna;

e a Mabille danno feste veneziane senza gondole e lampioni,

come al Bosco di Boulogne si stira l'ultimo onesto

dentro un saldo giubbetto, che anticipa, per fame, sulla morte

l'apertura alle porte oscure della pace.

Le fantasie: *Les Mystéres de Paris* e *Les Miserables!*

Oh sul romanticismo s'impiantano le corna,

come una Luna piena che si faccia battagliera e crudele

e che disvolga, dalla glabra faccia, la curva lama d'una falce

in contro al tremolio ambiguo delle stelle.

Ond'io vidi a passar poc'anzi, gravi e tragiche all'aspetto,

tenendosi per mano, Mademoiselle che Maupin e Madame Bovary;

l'una un fior di peccato nel corsetto di seta bruna tenendo appuntato,

l'altra sul giustacuore e sul berretto maschile un amuleto di stranezza

orientale, la lucida sardonia. Ed andavano al ballo.

Fuori per la *banlieue* ed a Mabille anch'io mutai costume;

e tra i *rapins* e i *carabins* intuonai «*Le rapin de Damiette*»;

quando Paul de Kock, dal riso gallico, svolgea la sceda nuova.

Le cornette ed i flauti! I pergolati eran l'alcove,

e sotto ai capannucci dei giardini

si davan le modiste alli Zerbini

del Paese Latino. — Mascherate! Così...

Se ho dato un bacio a Rosa Pampon, la bella *debardeuse*,

di velluto, di rasi e di miseria, anche a Mimi Pinson,

passero irrequieto di grondaja, uccello dei *boulevards*,

tributai le blandizie; mentre Musette, ragazza non sciupona,

badava alla cassetta. Schaunard forse ha trovato lo spunto eccezionale della gran sinfonia? E Rodolphe la quartina iniziale al celebre poema?

Nelle soffitte entra col sole il vento freddo di gennaio,

e basta il bacio d'una bella sulle labra per riscaldare

alla gloria futura. — Mascherate! Così...

Mosche d'oro e fors'anche velenose nelle dorate vesti,

o libellule azzurre e titubanti, o vespe

dalla taglia fragile, l'amabile Maschera e la ritrosa

portan volanti di seta e di rosa.

La persona amorosa ha un ondeggiare come su un flutto calmo

un paliscalmo, e si trascina alla caudata gonna

i desideri d'un Dulcamara. Oh le scarpette laccate e pettegole

come i ciarlieri passeri, che fan concilii in alto sulle tegole,

le scarpette che volle Gavarni alli strani piedini

delle amiche di Rolla! Oh le civetterie di trine pallide

di Chantilly e le maglie grassotte e rotondette

di sotto ai falpalà, e la coperta e astuta nudità,

che tutta si dimostra, oltre ai trafori!

Io son tra questi fiori già disfogliati un eccessivo

e troppo presto caduto fiocco di neve.

Codesta neve frigida brucia il cervello ond'egli dà

quanto sa e non sa.

Ouindi tra i Dominôs neri sto meglio e mi faccio valere;

poi che la Luce stia tra le tenebre. Il saper è tal cosa

che non ha valore se non tra l'ignoranza:

come un limpido vin non ha sapore

offerto in una tazza rabberciata:

ogni cosa si mostra per li opposti: e li spropositi

della gente per bene son catene d'argento falso

che racchiudono un diamante fino. Pierrot dice sentenze e dà

d'ogni cosa la vera verità tra i lazzi dei Borghesi

di tutti i paesi: Borghesi neri sotto la larva,

borghesi Dominos sull'oro delle casse invigilate.

Io sto tra i Dominos, sintesi nell'analisi;

tutti i colori han fatto bujo presto per il troppo indagare,

per il lungo ingannare, per il nulla appianare;

tutto han sciupato per trovar dell'oro dentro alla loro essenza,

scomposero sè stessi e vi han cavato il bianco. In visibilium va

la polvere borghese sotto la folgore del voler di Pierrot, e spare.

Voglio ed affermo? Un Pierrot vuole? Che?

Un perchè. Quello di riaccender forse il sole

a mezzanotte poi che più non appaia in mezzo giorno.

In tal modo si compie la ventura. —

Passan le nuvole con pio mistero,

ed i barconi dormono ammarrati: tutta la folla è scomparsa,

tutti voglion riposare. Fantomatici alberi sulle piazze,

alberi tisici della città, i lampioni disturbano

le povere fornicazioni sopra ai magri tappeti dei giardini.

Sono bruni trasporti funerali le carrozze che van senza rumore

per le strade e sfumano nere sul nero; oh quell'occhi fanali!

Occhi verdi ed azzurri, occhi rossi e violacei,

viaggianti per le vie tortuose della vecchia Città,

o lungo le rive del Fiume ingannatore a postierle segrete

carrozze di delitti e d'amore e di baci. Tra le mortelle e li abeti s'imbuca

un padiglione bigio. Guardiani dall'inferriate industriate

nel curvo gusto della reggenza; ecco un Marchese in veste rossa ed erto

in mano lo staffile sulla nuda Justine raddoppiar colpi.

Sprizza il sangue alle terga e sopra ai fianchi;

urla la donna, ride e furoreggia, Menade ubrica e bionda,

porge il sangue ed il seno estasiato all'osceno maestro divino.

Occhi, viole di passione eterna!

Ho veduti dell'occhi straordinari, raggi di stelle,

e dell'occhi a cui il saggio Marbodeo dava la facoltà dello zaffiro

d'attirar le sorelle api in cielo e di saper l'intrichi zodiacali;

ho veduto le lagrime gelarsi sui fredd'occhi di smalto,

sul ghiacciato cobalto dell'iridi feroci e imperiali;

ho visto l'occhio d'oro, l'occhi fiori, l'occhi di malizia

ed il candido sguardo della puerizia; ho visto l'occhi ciechi senza vita

cercar la tradita, esistenza nell'eterna e bruna agonia:

occhi, stelle, rivolti languidi alla Luna, tondo d'argento

tra i marosi del cielo capricciosi.

E le nubi, le nuvole che sorgono sfumando, che non si stancono

di furoreggiare, di sfuggire, di spiegarsi, d'incendiarsi, di lacerarsi;

nubi, vele, camelli, orsi, squali;

nubi, languidi penetrali di conchiglia, rosee conche d'amore,

e caverne e burroni di misteri e d'ideali assassini celesti:

e questa Luna piena che scompare e riappare;

e quei pallidi visi che mi chiamano ancora;

e il paradiso dei morti ritrovati senza casa;

e l'albergo nuziale d'ogni Maschera povera

che s'affatichi per un ideale, palazzo rosso a finestre di fuoco.

Numeri e Sogni sopra al ponte fantastico:

Parigi dorme.

Notte sulla Città; ogni colore si marita e fonde

nel colore simpatico ed amante; notte calma e sincera

sotto la spera, che a quando a quando giuoca coi comignoli.

Del bigio diamantato. Molte ricchezze amano l'oscuro

per più farsi valere, come il ciclame e le mammole stanno

tra i cespugli e li intrichi delli sterpi, Pure la Luna giunge

a loro in grazia, li circonfonde di mimbi imbalsamati.

Ed il Fiume! Largo, possente, tenebroso, lucido,

dalle sete cangianti e che si svolgono

dalle bracie che ammorzansi,

e dai lampioni capovolti a spegnersi, ma pure inestinguibili.

Dell'argento alle pile sotto al ponte, argento verde e azzurro,

del frusciare d'argento in un sussurro d'una tiepieda gola feminile:

e lucciole in alto e le torri campate sul basalto

che le voglion baciare: e ancora, dentro all'acqua,

come un capriccio piacque, delle colonne a spire,

opaline, guizzanti, insaziate al moto

ed avide a cercar la sconosciuta morte del letto fluviale.

E poi la Catedrale, e forme erette le torri delli Invalidi:

Parigi dorme,

i piedi nella Senna, e tacciono i Funambuli.

Senna, Etera! Gallica Loreley,

nel silenzio acconsenti e lungi dalle false storielle dei saggi

il tuo seno e il tuo ventre d'un velo glauco e tenue coperti,

sì che trapasa il pregio.

O dalla Costa d'oro,

rivolo frigido, baldo e sonoro,

lungo le verdi conche in labirinti,

poi che la Marna amica e innamorata

si profuse al tuo talamo fatale;

che ti dicon le grasse pietre urbane?

Che dicon le cloache ed i rigagnoli

sudici delle vie, ed i detriti e l'immondizie e i frusti?

e le gonfie scialuppe ed i facchini e i biricchini

vaporetti chiassosi e pretenziosi?

Vi sono confidenze di serve e pizzicagnoli,

di zappatori e di commissionarie

in mille scede varie; e il guanto baronale,

dato all'onde per gioco, fugge questa plebea compagnia.

V'è una maschera ancora tutta nera;

e dei soldi di rame giuocan sulla giornea del servidorame

di Corte; ed un moschetto tra la melma e l'erbe

si ricorda Fourier ed i giorni di Luglio,

e d'una palla uscita, dritta all'elmetto d'un corazziere:

poi una stecca di un biscazziere si vede tramutare

per incanto di furbo in uno scettro. La storia si ripete

e l'acqua passa e muta sempre varia, quest'acqua solitaria

anche in mezzo a Parigi.

Senna a prostituzione, insaziata al brivido

già mai accolto a encomio, t'abbandoni e non senti

il perchè dell'amore.

Così normamma Marion dai bianchi denti divoratori,

guardiana di polli ai patri campi,

se lo zoccolo muta in lo scarpino

ed il pugno sonoro del bifolco nel capzioso inchino del *boursier*,

Marion si chiama *la Belle aux tètons*

de beurre rosé, blanche oïe et mouton

douce ou belier della grande lussuria parigina:

e Senna, tu che sola qui prendi nome,

Gouf Stream, serrato sotto a ponti di marmo.

Saccard! In alto della colonna Vandome,

hai rubato l'impero all'uomo di bronzo·

le lune elettriche verranno a festeggiarti, lune espresse dai forni

della Borsa, lune industriate ed ebree.

Poi delle mosche che venera la folla gaudente, nate dai letamai

faran torneo al lume artificiale: che se Muffat s'imbruta

presso alla nuda e fulva Nana, l'Eccellenza Rugon

corteggia le scudiere. Oh tragica famiglia di Plassans!

La taverna e l'altare, le galere e le sale principesche: s'affondino le lenze

ingannatrici a pesche mirabolanti e trovino nel fondo

una condanna ed un pentimento, quando Pascal,

meraviglioso David, s'infutura, eterna gioventù nella vecchiaja,

tra le sincere e fresche braccia della nipote e aspetta l'uomo nuovo

che covano le viscere beate all'integrazione.

Gente passata, gente che muore e gente che rinasce;

com'io tra i bianchi lini delle fasce veglio

ad una sicura rivelazione. — Senna... Ecco, ecco,...

il Fiume s'abbuja e l'argento è scomparso sotto il ponte,...

treman le stelle, la Luna si vela: nebbie, gramaglie.

E l'acqua e quest'acqua livida e queste schiume rossigne;

oh cruore diffuso dentro all'onde

Che è mai su in cielo, che è mai questa sciagura?

Notte sulla città, orrida, oscura;

e delle fiamme in alto sui basalti,

dei rombi dalli spalti: anche la Catedrale s'invermiglia.

Fiume di lava lucida, infuocata al cerchio delle fiamme!

Che è mai, dentro a Parigi, l'ardente maraviglia? —

Oh Città, oh Cloaca, oh Cervello,

oh Scienza, oh Penitenza, ed Ingiustizia, oh sacra Impudicizia!

E la milizia cittadina, e l'anello di fuoco, ed il cannone!

E la fame!... All'armi! Ahi! nel cuore:

la Francia muore. —

I barbari cavalli... l'eserciti lontani tra la neve,

l'inutili battaglie... li Ulani!... Li Ulani!...

Come una meteora passa: tutto l'orizzonte è in fiamme: da quelle: fiamme rombi e detonazioni: delle grida, dei clangori. Il ponte scroscia e precipita nel fiume. Quasi a miracolo Pierrot sfuggito, grida dalle rive ancora: «Li Ulani!... All'armi!»

La città è un'immensa fornace ed arroventa il cielo notturno.

V.
Luna calante.

Den der Lebende hat Recht.

Pierrot di dentro, giuocolatore improvvisato, facendo apparire dite fantocci di tra una tenda, ricorda, in una scena di burattini, una fase della sua esistenza. Fra tanto dipinge lo sfondo.

PIERROT, avvisando.

La Luna indugia oltre alla pineta: un'armonia secreta

fanno le ramore verdi nel vento. La sera scende.

Lunga la via un torrente scoscende: la Selva Nera

ondeggia e il Castello di Baden fiammeggia sulla recente

neve. Passano delle gru. La luna è pigra a venir su,

sulla cime dell'alberi. Se sorgerà, ci apparirà falce clorotica

volta a levante. Il fiume mormora.

La sera è dubbia, triste, lieta, eccitante.

Or entrano li Attori, miei Signori.

PIERROT imita il dialogo.

HERR.

Guten Abend, meine Frau!

FRAU.

Guten Abend, mein Herr.

HERR.

Il mio volto risplende più della neve sulla Jung-Frau,

s'io son Pierrot germanico.

43

FRAU.

Ed i miei seni odorano

più del «*Jardin d'Hiver*» della «*Kours' Hall*» dei Bagni.

Vi pare? Filatrice di lino biondo, come il mio capo,

le catenelle argentee brillano e riscintillano nei movimenti:

e la cuffia lampeggia conce un gasco. Ho li occhi ceruli.

HERR.

Io non distinguo il colore dell'occhi alla sera.

FRAU.

Ho per sorella Gretchen.

HERR.

So, so... Queste ragazze dicon sempre così.

Fatemi una ciarpa di felicità.

FRAU.

Volete ridere? Io filo di sera,

perchè non ci si vede; l'opera è più gioconda se resta

sconosciuta al facitore.

HERR.

Hoffmann, o Novalis, o Gian Paolo?

Un grazioso diavolo siete se m'intrigate.

FRAU.

Sorridete non ci pensate.

HERR.

Meine Frau, dovrò ridere un po' dello strano paese. In piazza vidi

passeggiar di conserva Tambur Major e un mio discepolo,

meine Frau, Henrick Heine.

FRAU.

Di già?

HERR.

Parlai con lui, l'alito sentivagli

d'assenzio.

FRAU.

Pure la birra è buona, se d'alquanto linfatica.

E bevendo e sognando alle Fate, Strauss diè fuora, dal sonoro

legno del cembalo, un nuovo waltzer in mio onore,

mein Herr.

HERR.

Così Giovanni Kreisler si prova di tradurre Calderon

col contra punto, Shackespeare coll'organo della ducal cappella:

Schamisso si dimentica di pianger la sua ombria, e le balla

da torno, e il Consigliere di Giustizia Drosselmeyer di Nuremberg batte la solfa al ballo e all'armonia collo stinco d'un morto.

E ver che van veloci l'annegati nel Reno?

FRAU.

Che propositi strani!

L'orto conserva sotto la neve soffice i cavoli migliori

ed il kraut sarà eccelente quest'anno.

HERR.

Se gli aggiungete

acqua di rose. Le storie paurose, fan meglio degerire, *meine Frau*.

E poi? Ascesi il Golgota con Klopstock e visitai la Grecia

in compagnia di Lessing, ma ritrovai sul Blocksberg

Venere e le Tre Norme in famigliari dispute. Barbarossa

fa strepito d'acciai, come Gog, nelle grotte: quando

scende la notte, odo li scudi percuotersi e suonare, ed alcune

zagaglie minacciare battaglie, palleggiate da mani invisibili

pei crepacci scheggiati. Forse è il vento che geme, o pur la luna

che simula dei raggi a mo' di daghe. Fra tanto le pupattole

lisciate della gotica Nuremberg s'innamoran dei Chierici

di Leipsick ed a Dansick il mare urla e oltraggia alla duna,

meine Frau, oceano popolare di minaccia, onde crespate e ruvide,

capigliature scosse di vendetta e d'odio. Domani il mare sorriderà.

FRAU.

Mein Herr, e la luna risplenderà capricciosa ai mulini

ed è dolce ammirare bevendo. La birra è limpida come un'ambra

limpida. — Oh guardate;... sensitiva come una bambina questa

mia rosa pallida s'inchina e s'accartocca tra i seni. Rosa d'inverno!

HERR.

E nei sereni occhi vi leggo una grande passione. Volete folleggiare

sulla neve?

FRAU.

Il giorno è troppo breve, la notte troppo lunga.

Son solita ad attendere i Re Magi. Il *Casino* si chiude tardi

anch'esso.

HERR.

Una bisca? È una casa sempre aperta come un Tempio

cattolico, nulla rifiuta, ma nulla dà. L'occhi, finestre uccellano l'affamati dell'oro, come i ceri lingueggian sul tesoro dell'arca

custodito ad ammaliare. Portiam fede e coscienze a costoro:

ci renderanno cenere. Avete mai mai giuocato o mai pregato,

meine Frau?

FRAU.

Sempre: ogni giorno.

HERR.

E la posta?

FRAU.

Il cuore.

HERR.

Ed il sesso?

FRAU.

Che domanda indiscreta, *mein Herr*.

HERR.

Un poeta

fantoccio Pierrot non soppesa le sillabe: in quanto può, dimostra

il suo carattere. Convien dunque aspettare i Re Magi per folleggiare?

FRAU.

Verran? Verranno carichi d'oro e d'incensi, avran collane di pietre preziose,

avran rose di Gerico, sciamiti alessandrini, velluti ricamati,

arazzi inargentati, e topazzi alli arnesi dei cavalli, e barbaresco seguito

e staffieri e coppieri? Verran dunque gentili e severi i Re dall'Oriente

per la via frequente delle città del Nord, portando balsamo, luce, calore

al cuore assiderato? Delizie delle viste, ed imagini amate!

HERR.

E pel sesso

e pel cuore!... *So, so* . . . Saran Magi d'amore, Magi di squisitezze.

Vengono, *meine Frau*, per l'ambagi della selva vicina. Già prima serpeggiò la carovana per la piana immensa d'un biondo deserto,

e l'oasi, isole di verzura, apprestar sepoltura ai camelli spossati

e sizienti. O nei silenti misteri del Deserto! Questo deserto

è un Cuore, e i Viaggiatori i Desideri. Aspettiamo i Re Magi:

ma quante stelle in cielo!

FRAU.

Sono troppo lontane! I Desiderii miei

pigolan come uccelli di tra le viti a Maggio, stanno tra i fiori

e i gemmati colori: amano la campagna, il sole, la rugiada

ed i bei Dami senza conseguenza: amano i gilii ch'adornan

di ricami la culla del neo nato, s'egli dorma e sorrida.

HERR.

Oh vecchio lievito della patria gota. Romanticismo piange

e si lamenta di tra il Fornello a cui mastro Cornelio attizza

bracie per l'oro, ed un Castello di granito che geme dei pianti

d'una bionda infedele! O pur rammemora Sprenger e il «*Malleus*»,

e le streghe ed i roghi o gioconda Germania luterana! O Germania

di Ficthe e di Kant, le tue donne aman sogni e riposi

e buona mensa. Altri pensa al futuro e vuol più lauto

pranzo a chi fatica; e al sopra avanzo dell'azion giornaliera

grida s'infuria e in contro al Capitale; Carlo Marx. Ma le tue donne

voglion perle superbe all'orecchini e rubini all'armille;

e Lassalle s'innamora d'una ricca e dimentica il Mondo

per un cuore: ed è un onore morir per una donna: *so, so!*

E tutti trescano d'in torno al kreutzer e battono le mani

e Wilhem passa come una divinità, applaudito. Su la gran cassa

suoni e simuli il cannone o il tuono. Appunta lo spadone

Arminio in sui Latini. Ma dai confini risponde una parola

e scende il Kaiser-König per il Sacro Romano Impero

in villeggiatura . . . e l'avventura vien terminata a Roma,

ai piedi del Pontefice. La tiara, la spada,... e l'Italia

in gramaglia a tendere il vassoio ai teutonici visitatori.

Questi sono li allori della pace perpetua sopra all'artiglierie.

So, so . . . malinconie. *Meine Frau*, noi dunque non salirem

già mai sino alle stelle: voi temete l'aeree procelle

dell'ideale oceano del cielo; aspetterem che discendano

a noi queste stelle maligne: ma guardatevi!...

FRAU.

I pasticcini

per i bambini cuoccion nel forno: si fanno in torno

dorate croste e son ripieni di rosee composte d'albicocche

e di poma. Se strillano i bambini, la provvida massaia

dà l'offa dolce e tacciono. Poi la massaia va, come vuol città,

a feste ed a conviti. E i bimbi accalappiati dal dolciume

ingojano un boccone che punge in gola, nè pensano che l'abito

di gala che la matrona sciala provien dal lor tacere e dall'avere,

ghiottoni, assaporata la focaccia. Il dolce è la promessa che si fonde

come lo zuccaro e che non resta, *mein Herr.*

HERR.

Meine Frau, siete

ardita; un'arguzia squisita rivolgete e pungete.

FRAU.

Ah, ah! *mein Herr*,

il vel mi si scompone in sul corsetto; non avreste uno spillo?

HERR.

Una stella è caduta ai vostri piedi forse non bene aggemminata

al diaspro, o travolta all'aspro vento dell'alto. Le stelle, in cortesia,

vi vengono a inchinare: o è un desiderio vago che si spegne

pria della Soluzione? *Meine Frau*, non volete lasciarvi vedere

e v'è piacere che vi tocchi sul collo candido e nudo

per raggiustarvi il fisciù? Gretchen, Mephistopheles canta

la serenata a Marta addormentata e stanca; e Venere

s'abbranca al pungitopo matrimoniale. Ridono nelle sale

la zia e la cugina: il bel fiore è cresciuto tra l'idealismo

a foggiarsi uno sposo. Ma la spessa farina che mi copre la faccia

vuol ben altra focaccia d'impolverare E tutto è una risata.

FRAU.

Mi credete, *mein Herr*, così astuta? La festa è terminata.

Là giù spengono i lumi.

HERR.

Come lo terminò Goethe nel Wilhem

Meister con un incendio? A che soffiar sulle candele accese?

L'incendio sulla neve, porpora ed ermellino: uno strano festino

di luce che conduce verso l'eternità, se ci sarà.

FRAU.

Torneremo alle case.

Se persuase il cuore un desiderio, la speranza ci avanza

un giocondo sentiero.

HERR.

Avete fatto tardi con me.

FRAU.

Oh!

HERR.

Le strade mal sicure

preparono paure. Ma non tenete. È ver che sta mattina morì

il Burgmeister Kroff. Passando io vidi i becchini preparargli la fossa.

Sorgeranno fiammelle in cimitero.

FRAU.

Con questo freddo? Voi volete ridere!

HERR.

S'ultimo batte il cuor per un rimpianto od un rimorso,

lo spirito fiammeggia in pieno inverno.

FRAU.

Ah, ah! lasciate fare.

La sera è tutta nera, ma sorgerà la luna.

HERR.

È una luna morente.

E vi duol di tornar sola?...

FRAU.

Vi pare?

HERR.

Vedrete una graziosa

Loreley danzare a cantare i suoi lai sulle rive del fiume.

FRAU.

Non la temo.

HERR.

A doman, *meine Frau?*

FRAU.

Se potrò.

HERR.

All'avventura!

La notte oscura prepara una sorpresa. Se la signora è presa

nei lacciuoli la pruina e ghiacciuoli le faran diadema

sulla testa. Ed allora, *es thut mir leid*, credetemi.

Ma Pirlipat s'addormenta al sonno magico e Schnurr la guarda,

coll'occhi gialli, vicino al letto: Fritz e i Dragoni verranno

alla riscossa. Guardatevi dai Gnomi che s'appiattan nel bosco.

Han tutti la figura dei giovanetti critici milanesi: un acre

tosco preparan nelle coppe di cristallo. *So, so...* non volete

comprendermi?... Le vostre labra ridono come un rosso corallo.

FRAU.

Imaginate perigli e sfoggiate consigli: *Ich dancke wohl,*

mein Herr.

HERR.

A domani?

FRAU.

Leben sie wohl!...

HERR.

A dio?

FRAU.

Auf wiedersehen!

HERR.

Ah, ah? voi ci ritornete?... La luna ascende sopra le nuvole.

PIERROT, *avvisando.*

La scena è terminata. Il lume, che vedete montar sopra la tela

imaginata, aspra di pini, è una luna che termina una fase.

Luna tedesca, ultima, fischiò la mia poesia;

e, sui castelli turriti del Reno, ebbe un sereno grido l'anima mia

ed anche cupo. Attendiam l'auspicio della nuova Luna:

sorgerà sulla veneta laguna, tra li Arlecchini, o in bizantini errori

sulla Senna, od in finnici allori nella Svezia?

Donde verrà qust'Ecate novella? Da una procella o da un giorno di sole?

Io la presento e la pavento e precorro la meta.

Una secreta voluttà di soffrire, di gridar, di gioire

e di vivere in fine mi punge dentro.

E forse non avrò più volto pallido.

La tenda oscilla: i fantocci scomparsi. Pierrot tace. Un sospiro: una invocazione muta e cordiale.
La tenda stira le pieghe immobili: tenda chiusa ed ermetica.

VI
Luna Nuova.

Le plaisir sans égal seroit de fonder la félicité publique.

Epygraphe à L'AN DEUX MILLE QUATRE CENT QUARANTE - *Rêve s'il en fût jamais.*

... quod si in hoc erro, qui animas immortales credam, lubenter erro

CICERO. *Cato Maior - De Senectute.*

Notte d'inverno. Un ranno di pero tra il suolo nevicato ed il cielo nero come una tenda di velluto, qua e là ricamata ad api d'oro: un mandolino vi sta appeso e geme al vento. A tratti soffia una raffica, che investe la rama e la fa dimenare pazzescamente. Pierrot è seduto a cavalcioni del legno; vicino a lui Niniche, passatogli un braccio alla taglia, si sorregge e gli posa la testolina sopra la spalla. Niniche sembra che dorma. Pierrot la contempla. Un gran silenzio.

PIERROT *ora pensa, ora mormora, ora grida.*

Demiurgo, hai tu soffiato sopra alla Luna, come sopra ad un cero

che ti recava noja, vecchio Demiurgo nostro?

Ed hai sparso pel ciel mare d'inchiostro, parmi; ma alcuni fori,

a specchiar il festino in casa tua, brillano maliziosi

e mostrano, tra noi, la tua ricchezza a gogna.

Eh!... si pranza molto bene in Paradiso, dicono i Teologhi.

Questo è dunque il paesaggio ideale;

io mi ci trovo in mezzo senza remeggio d'ale,

come nato qui, sopra al pero fradicio. Ha dato frutti il pero?

Od ha scordato il tempo delli amori, della fecondazione e dei calori

ricchi d'agosto? La decadenza ha portato la tabe anche dentro alle piante,

come ha fatto scordare che l'uomo deve vivere e penare...

E Niniche?... Di' Niniche?... Ah!... Dorme.

Ma stavan nella Luna, in quella ch'hai tu spento, o Demiurgo,

dei malefici influssi. Vidi, come nel *Sogno d'una Notte d'Estate*,

un cane che latrava; come nell'*Edda*, dei Gnomi a sopportare

l'enorme peso d'un'anfora di bronzo; e, come un gonzo,

colui che va a pescar lune nel pozzo.

E vidi un Contadino colla falce ad immetter la lama sanguinosa

sopra una prateria; ed erano i bei fiori teste umane,

e cento ad ogni muovere di braccia recideva da torno.

Poi l'estremo Oriente del betel e del the, nelle tazze aggemminate,

mi ha date mascherate le astruse concezioni;

Luna nuova sparita, Luna nuova incolore,

filo d'orbita in giro a un disco senza luce.

E ho veduto i Conigli, ritti come omiciattoli,

triturar nel mortaio i semplici del paese pel sole,

ed i Topi buffoni (tal dicono i nativi di Sumatra

gialli come la mota) a roder dei gomitoli d'argento,

cui la Vecchia dimentica, caduti dall'inerte arcolajo tarlato.

Quindi, la Luna nuova, o Demiurgo, hai soppressa dal cielo,

e non vuoi velo alcuno a torno a lei;

e perchè sei l'Altissimo, fai soffiare il rovajo,

e noi, privi di sajo e ferrajuoli contro ai ghiacciuoli,

batti misericordioso, come qualunque ricca divinità gelosa,

sul pero confitto, per ignoti delitti, e sopra alla berlina,

e in mezzo al cielo, e in mezzo a questo spazio,

a durare lo strazio di Prometeo, troppo vicini al sole,

troppo lontani dalla terra,

troppo uomini ancora, anodini Cherubini di sangue...

Per dio, e nel tuo nome, suscita almeno una brezza marina

aspra di sale e jodio, ma profumata e tiepida! —

Bella Niniche... Qui sulla spalla mia, dormi e reclina

la testolina;

rannicchiati, gattina

bionda, vicino al micio innamorato;

e Niniche, dalle feste all'Alcazar,

e Niniche, che allo tzar,

poco fa col Comune ed il Governo,

recinta dalla nera aquila imperiale, prona,

cantasti il ben venuto, Repubblica, alla Slavo, di parata,

e al sacro *gnut* del barbaro tiranno.

Dormi, rannicchiati; il vento non dà posa; il vento è critico,

come la mia parola:

tutto il resto è una fola che deve scomparire:

dormi per non morire, ma per non vivere anche;

dormi, passion sotto alle calde ceneri,

vicino a me tutto bianco e pazzesco,

per l'immenso paese, dove non luca Luna,

dove non sorga Sole.

Oh, le viole de' belli occhi coperti dalle palpebre!

Io le indovino assiderarsi e piangere! —

Brividi? — E bene? E coloro che sempre hanno penato

dal freddo e dalla fame?

Bada, stringiti a me:

s'io credea di passare questa notte a contemplar la fredda volta del cielo

ti avrei coperto di pelliccie e velluti.

Ma, Niniche, si racchiudono i velluti ricchi e le lucide pelli costose

nelle vetrine dei *Boulevards*, e tu li spii, intenta ed ammirata,

quando la sera passi frettolosa a rincasare.

O giorno lungo e triste alla fatica, che nulla ti profitta;

e l'ago in sulle dita fragili e freddolose,

aspro a pungere; o stilla rosea di sangue mal nutrito

a gemere dalla profonda fitta

e i tuoi occhi a cercar per l'orizzonte, fuori dalla finestra,

un cantuccio d'azzurro, un ciuffetto di piante,

ed un mare d'ardesie, grigio mare onduleggiato avanti.

Così invidii Niniche: e perchè invidiare?

Or non basta a coprirti la tua bionda bellezza!

Anche ai tersi monili tu riguardi,

e li smeraldi, verdi e capziosi sguardi,

sollecchian dalle armille;

ed i rubini, materiate gocciole di sangue, anch'essi irritan l'occhio.

Oh l'oro è freddo, ahimè, e senza amore,

nè le pietre riscaldano;

meglio si presta il mio alito sopra la tua testina;

dormi, gattina.

La bellezza dà freddo? Non è calore e vita?

La bellezza non è l'abito lussuoso

di tutta quanta l'umanità?

E per ischerno quest'artista buffone, il Demiurgo,

ci espose fuori, nudi, a contemplar le stelle

dal pensile divano del bruno pero morto;

ecco ci disse: «A voi, chiacchierate, teologhi, colle vostre sorelle,

che pajon fuoco e assideran di notte,

come le vostre dita illividite. Queste sgradite

avventure si danno nella vita, poi ch'una fantasia

vi fa peggio o migliori delli uomini».

E rise il Dio.

Simbolo crebbe in lui come a manifestare

un desiderio che gela a metà della strada per riuscire;

Simbolo pel Pierrot, pel Demiurgo, pel Mondo.

O tonde ad accennar arco di luna, gentili spalle nude;

Ecate a te, nel viaggio tenebroso, invidia questa curva de' bell'omeri;

nudole spalle e livide.

Perchè scoprir secreti profumati e aromata di carni

a tutti, se nessun ti passa a canto che ti voglia comprendere?

Champfleury, ho sbagliato e me ne pento:

non doveva già mai uscir di cella, dalla cella di marmo;

non doveva parlare. Ho voluto provare la vita;

ho incontrato Niniche, la mia coscienza che dorme nel vento;

ho voluto riavere un viso roseo non farinato;

ho voluto cambiare di casacca;

ho amato i cenci rossi in torno a me;

ho amato l'uomini senza un perchè.

Le Maschere rassembrano alle Donne, non possono mutare,

non possono salire e sono passionali;

sono tutte nel sesso; si sperdon nelle nuvole

se credon d'arrivare in sino al cielo.

Ho paura, ho paura del buio dopo aver conosciuto la luce!

Oh palazzo di marmo, oh luna elettrica,

globo d'argento sospeso alla volta;

oh tende spesse di velluto nero, poi che non sgusci giorno,

tomba di vivi, miglior della morte!

E Niniche, predestinata al martirio, un'aureola

ti circonda la testa, un'aureola falsa d'Egiziaca,

una gloria alla pena scaturita da un semplice atto d'amore.

Erano i giorni dell'entusiasmo e della disperazione;

l'animo s'integrava a grandi cose:

un battagliero orgasmo incitava la mente.

Già il lievito fecondo e la semente

spingevan l'erbe nuove in faccia al sole,

già lagrime e dolori la pargoletta coscienza nostra

incitavan d'ardori e sacrificii:

io vidi le viole più turgide sorridere,

se una donna passava e le coglieva;

io vidi le fanciulle proclamarsi felici delli eroi giovanetti.

E rombava il cannone.

Azion di primavera! Erano i giorni sacri all'Epopea,

la mite melopea della Tempe clorotica taceva;

tutto il mondo attendeva. E rombava il cannone:

e vidi le bandiere verdi, a pace, di contro alla mitraglia

dei nemici fratelli sventolare: «Ah non colpite,

non correte a battaglia: vogliamo pane e amore».

E, per la lunga strada, quanti giacquero uccisi, quanti araldi di pace!

Parigi è in fiamme! Parigi abrucia sè con una istoria

d'infamie e di sciagure: Parigi all'olocausto si dona,

purificando, si castiga, e perdona.

Li Alemanni ridevan sulli spalti. Omiciattolo tigre

a cui trasuda sangue dal cranio fu che le coorti

mal suase e briache ci affocava, Menadi a questa carneficina

orrenda: oh Parigi pezzente e ribellata,

intinsero le picche scellerate nel ventre della Patria

e scrisser l'agonia sopra alle leggi colle oscene calunnie.

Parigi in fiamme cadde: e Satory s'inzuppa

del nostro umore e attende che la pioggia vermiglia

produca un altro fiore che non debba appassire.

E Cajenna, e la morte, e le fulve eroine, le galliche risorte,

e l'ultime parole di vendetta, d'amore, di speranza,

e di quanto vi avanza, vittime deprecate,

io, un Pierrot che non vi ha scordate.

No, no, la Pantomima è muta: e i ricordi son aspidi al cuore,

e il mio peccato è di vivere ancora.

Ecco perché la Luna è morta in cielo,

ecco perché Niniche dorme e si lagna,

e sogna forse; ecco perchè una ragna

d'equivoco pensiero tesse un insetto velloso e severo

dentro al mio cranio e vaglia la parola;

ecco perchè la scuola dell'esistenza proclama il bisogno

della morte o del sogno.

Al palazzo di marmo!

NINICHE, *fantasticamente, in un soffio a pena intelligibile.*

La bella musica... ed il doppiere è spento.

Quando risuonerà, quando riaccenderanno...

PIERROT, *gridando.*

Ecco la passione! Stringiti a me, io ti riscalderò;

è il freddo, è il vento: sogna, sogna festini.

Che vuoi, Cicale funebri andrem dove la danza impazza,

perchè il riso sul labro ci ritorni.

Oh se il festino non cessasse mai! Ancora, ancora?!

Niniche, il vento dondola la rama bruna e morta;

noi ci culliam sul ramo come un yankee sui giunchi

della larga poltrona. E chiudi li occhi e dormi.

Io non ho freddo; il cranio

è una fornace ardente, eterna e mi riscalda. Se al pensiero

tu aggiungi poi l'absenthe, andremo al Polo

sudando come in Africa. L'absenthe?

L'opale liquida che tutta il mondo serra.

Jer sera, forse, n'ho bevuto alquanto:

per questo sono allegro. E se sul pero vado,

seguendo il dondolar del ramo morto, si è perchè

son più vicino al cielo, e presso a te;

così congiunti, stiam per volare, angioli innamorati.

Però, è buffa la cosa; io sono qui Pierrot,

ma, se dimetto la bianca divisa,

sono un dottore di filosofia; poi che v'ha assai più scienza,

dentro la testa che copre lo zucchetto,

che in tutta l'Università! Hai freddo ancora?

Non ci badare. I brividi che la notte rimena

non son brividi di freddo, ma d'amore. Dormi:

e se domani mancherà legna al camminetto

e vino alle bottiglie e pane al desco, quattro soldi

li troverem pur sempre per un po' di carbone.

Oh Niniche! Fu l'artista bizzarro

che ci volle sul pero, seduti l'un vicino all'altra,

di sotto alla pruina; noi siam Prometei!

E s'anche pende colle corde infrante il mandolino,

come dai salci di Babilonia un dì l'arpe dell'Arca,

nel nostro cuor non pende morto il virgulto della speranza?

Niniche, ma dormi dunque.

Poveri seni lividi! Non ho fisciù

di seta nè mantiglia per coprirli!

Ma poi ch'hai freddo, oh non vale a coprirti

la tua bellezza...?

NINICHE, *con un mormorio*.

«La Luna è morta in cielo asfissiata

«dal lezzo della terra;

«questa tenebra morta e questa notte

«piagnon su noi:

«e Sciarra arguto non rimena a frotte

«le fantasime a vol per la solita meta;

«vuol l'atmosfera quieta

«e capi onesti sul guancial sicuro».

Pierrot, fu il canto...: io l'odo ancora:

i flauti, i violini in torno a noi, e i lumi accesi...

Or di', quel Capitano dei Dragoni è sciocco assai:

mi fa il lezioso... Pierrot che fai?

Su, la fiamma azzurra brilli e vaneggi

dalle tazze del punch: ho freddo, . . ho sete...

PIERROT.

Lasciati abbandonar in mezzo ai sogni; il vento dondola

la rama e canta l'antica nenia...;

dormi tesoro: . . . fu l'artista, il buffone: . .

fu il capriccio d'uscire, fu il capriccio d'amare.

NINICHE.

«Se il vin di Francia è amaro

«e fa girar la testa,

«e perchè il pane è caro

PIERROT.

Niniche, bella Niniche! Non cantar, dormi:

mi fai paura! ...

NINICHE.

«E se l'amor moderno non si presta

«ai baci e allo champagne,

«vuol dir che l'etesia...

PIERROT.

Mio Dio! Che hai!... Fredda ed immota! Ah no, non così,

soli, qui sulla rama a dondolar nel bujo,... Niniche...

Fu l'artista buffone!?

O Demiurgo, possente alle vendette, Demiurgo ingannatore,

è perchè noi saliamo in sino a te a gettarti l''accuse

a viso aperto? Demiurgo, il mio pensiero ti rifiuta;

vogliamo in terra il paradiso,...

Niniche, domani, ahi! ahi!... O vuoi il sacrificio?

Una raffica schianta la rama del pero morto e la fa volare per lo spazio. Pierrot e Niniche scompajono, cadendo nelle tenebre. Un lungo gemito. La notte si dirada: la neve verdeggia qua e là, come fusa sopra ad un prato. Dall'oriente una tenue luce dorata: pare che sorga il sole.

UNA VOCE DALLA TERRA.

Noi v'accogliamo, o fatali alle lotte;

ad ogni morte eroica la notte

paurosa ritorna verso il Dio:

noi v'accogliamo e non vi gravi oblio;

le Creature sanno e vi consacrano.

Questa Voce si ammuta in un sospiro musicale.

Qui terminano i Monologhi di Pierrot